DAS
PONY-TRIO

Was wird aus Maja?

DAS
PONY-TRIO

Was wird aus Maja?

Jeanne Betancourt

Aus dem Englischen übersetzt
von Anne Braun

Zeichnungen von
Milada Krautmann

Arena

In neuer Rechtschreibung

1. Auflage 2000

Einbandillustration: Milada Krautmann
Titel der Originalausgabe: Pony Pals™ – Give me back my pony

Gesamtherstellung: Westermann Druck Zwickau GmbH
ISBN 3-401-05062-1

Inhalt

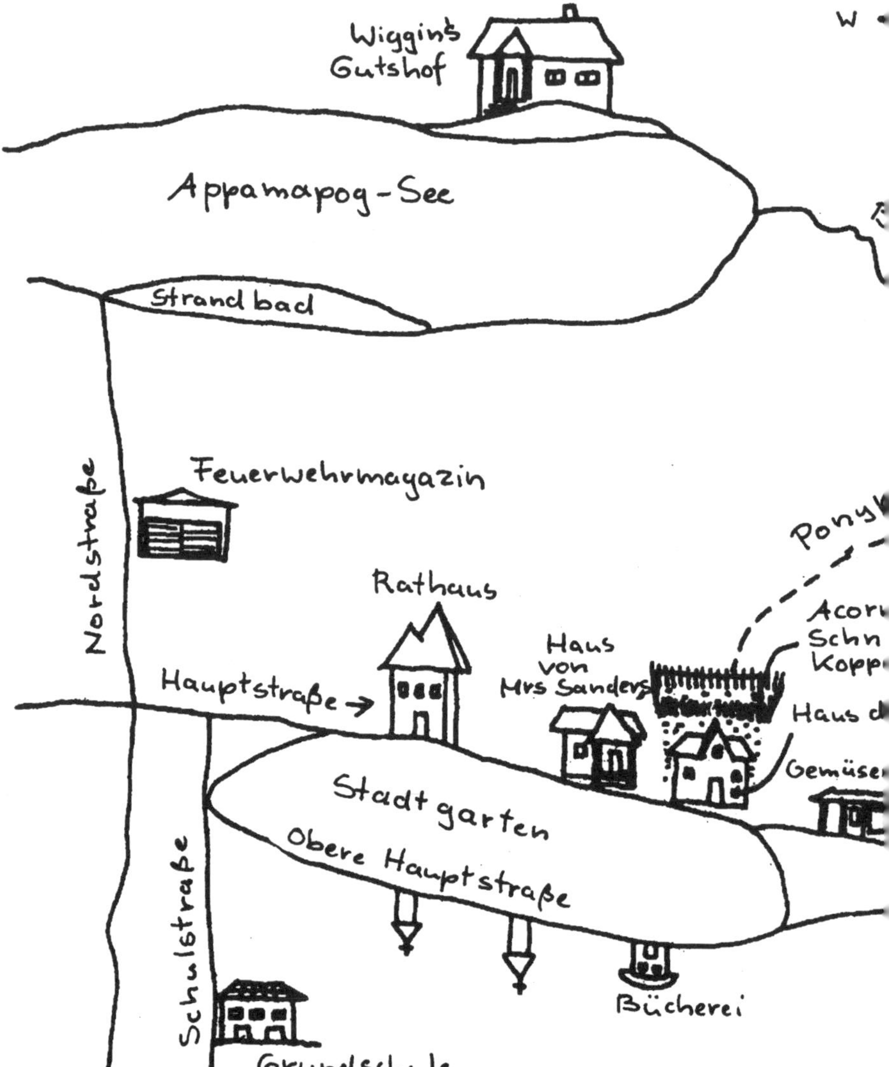
Wiggins Gutshof
Appamapog-See
Strandbad
Feuerwehrmagazin
Nordstraße
Rathaus
Haus von Mrs Sanders
Hauptstraße
Stadtgarten
Obere Hauptstraße
Schulstraße
Bücherei
Grundschule

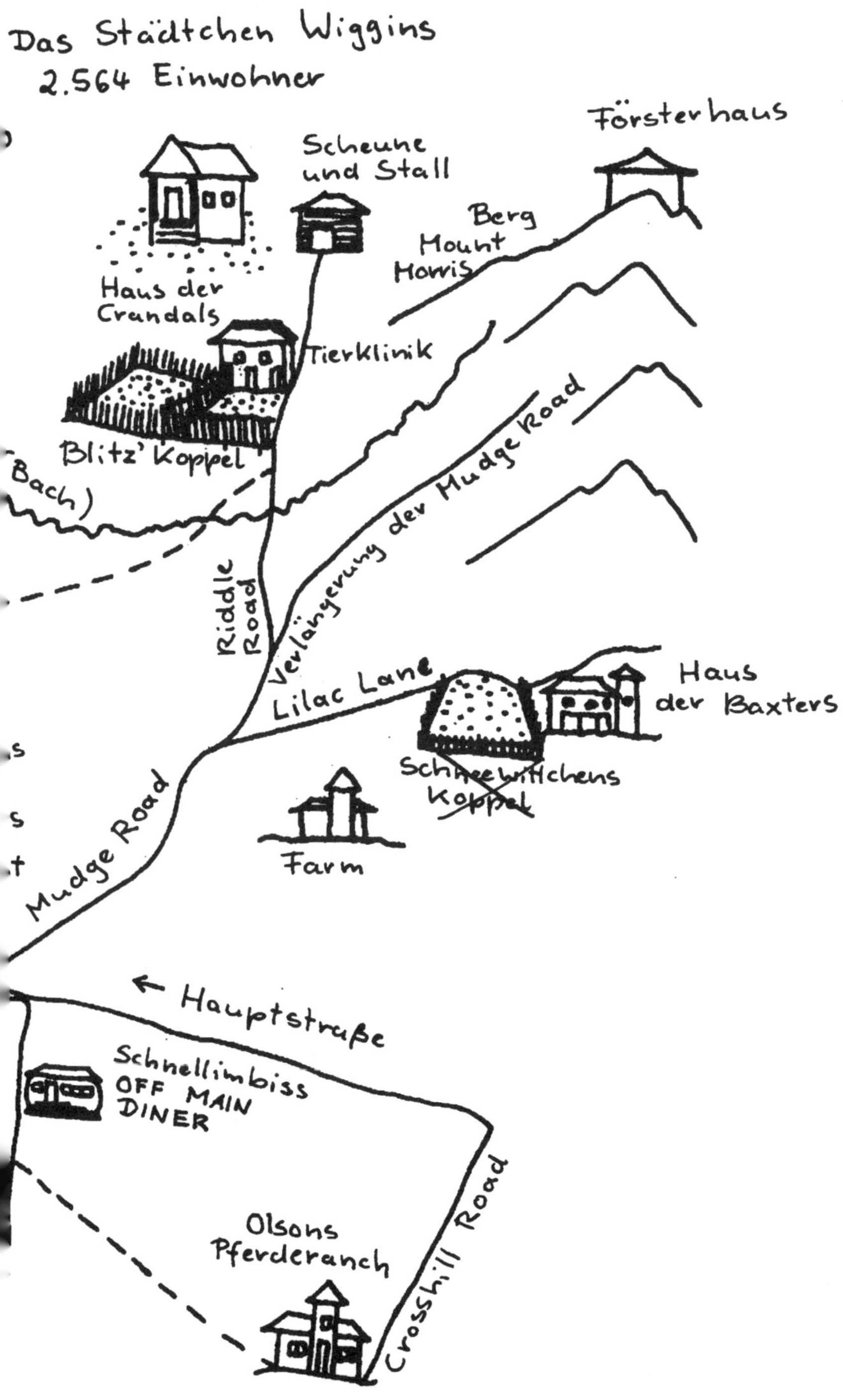
Das Städtchen Wiggins
2.564 Einwohner
Försterhaus
Scheune und Stall
Haus der Crandals
Berg Mount Morris
Tierklinik
Blitz' Koppel
(Bach)
Verlängerung der Mudge Road
Riddle Road
Lilac Lane
Haus der Baxters
Schneewittchens Koppel
Farm
Mudge Road
← Hauptstraße
Schnellimbiss OFF MAIN DINER
Olsons Pferderanch
Crosshill Road

Der letzte Ausritt

Lucy Sanders ließ die Satteltasche zuschnappen und rannte zur Hintertür hinaus. Heute war der erste Tag der Sommerferien und die Ponyfreundinnen wollten einen ganztägigen Ausritt machen.

Als Lucy über den Zaun der Koppel kletterte, eilte Maja, ihr Pony, sofort herbei, um sie zu begrüßen. »Maja, meine Schöne, weißt du, wie gern ich dich habe?«, flüsterte Lucy, während sie sich an den Hals des Ponys schmiegte.

Anna Harley, die im Nachbarhaus wohnte, kletterte nun auch über den Zaun. Doch ihr Pony rannte nicht auf sie zu. Im Gegenteil, Rico bewegte sich gemächlich in die andere Richtung.

Er war das verspielteste der drei Ponys der Ponyfreundinnen und legte es immer wieder darauf an, mit Anna Fangen zu spielen.

Lucy half Anna dabei, Rico einzufangen. Dann striegelten und sattelten sie ihre Ponys. Anschließend machten sie sich auf den Weg über den knapp zwei Kilometer langen

Ponypfad, der direkt zur Koppel von Belinda Crandals Pony führte.
Doch Belinda und Charly kamen ihnen schon auf halbem Weg entgegen. »Ich finde, bei dieser Hitze wäre es am besten, wenn wir mit unseren Ponys an den See ritten«, sagte Belinda.
»Tolle Idee!«, rief Anna. »Das ist das erste Mal in diesem Sommer. Unsere Ponys werden sich freuen, wenn sie ins Wasser dürfen.« Die Mädchen lenkten ihre Ponys in Richtung des Wiggins-Hofs. Der Weg, der über das Gelände dieses Hofs führte, endete direkt am See Appamapog.
Am Seeufer angekommen, begann Maja sofort damit, spielerisch im nassen Sand zu scharren. Lucy stieg nicht ab, sondern lenkte Maja in den See. Das Pony wieherte, als es mit dem kühlen Wasser in Berührung kam. Anna auf Rico folgte ihnen. Charly war etwas zurückhaltender als die anderen Ponys und wollte anfangs nicht. Doch als er sah, wie zufrieden Rico und Maja im flachen Wasser herumtänzelten, ließ er sich schließlich auch überreden. Die Mädchen lachten und quietschten auf, als das Wasser um sie herum aufspritzte.
Nachdem sie sich eine Weile im See vergnügt hatten, durften sich die Ponys unter einem Baum erholen, während die

Ponyfreundinnen ein Picknick machten. Die Mädchen waren sich einig, dass der See ein wunderschöner Ort für sie und ihre Ponys war.

»Was meint ihr? Kommen wir morgen wieder her?«, fragte Belinda ihre Freundinnen.

»Ich habe im Radio gehört, dass es morgen noch heißer werden soll als heute«, sagte Lucy.

»Wir können ja den ganzen Somm...« Anna verstummte mitten im Wort. Die Ponyfreundinnen tauschten traurige Blicke aus. Sie alle dachten daran, dass Lucy bald kein Pony mehr haben würde.

Majas *richtige* Besitzerin, Rema Baxter, konnte praktisch jeden Tag vom Internat zurückkehren. Dann würde Lucy Maja zurückgeben müssen. Außerdem dachten die drei Mädchen daran, dass Lucy demnächst sowieso von Wiggins wegziehen würde.

»Ich kann mir noch gar nicht vorstellen, wie es ist, wenn du nicht mehr hier bist, Lucy«, sagte Anna. »Ohne dich wird nichts mehr so sein wie früher.«

»Lucy, weißt du schon, wohin du und dein Vater als Nächstes ziehen werdet?«, fragte Belinda.

»Nein, noch nicht«, antwortete Lucy. »Aber wahrscheinlich weit weg, nach Afrika oder so. Er schreibt am liebsten über große Tiere wie Elefanten und so.«

Lucy hatte in den letzten Monaten bei ihrer Großmutter gelebt, weil ihr Vater ein Forschungsprojekt im brasilianischen Amazonasgebiet leitete. Lucys Mutter war gestorben, als Lucy erst vier Jahre alt gewesen war. Dass Lucy keine Mutter mehr hatte, damit hatte sie sich längst abgefunden. Dafür standen sie und ihr Vater sich sehr nahe. Natürlich war sie froh, dass sie ihren Vater bald wiedersehen würde. Aber wieder bei ihm zu leben, bedeutete Wiggins und ihre Ponyfreundinnen zu verlassen.

»Egal, wo du hingehst«, sagte Belinda, »ich hoffe sehr, dass es dort auch Ponys gibt.«
»Kein Pony der Welt kann mir Maja ersetzen«, sagte Lucy betrübt.
Nach dem Mittagessen legten die drei Mädchen ihren Ponys wieder das Zaumzeug an und ritten denselben Weg zurück, den sie gekommen waren. »Kommt, seid nicht traurig«, sagte Lucy zu ihren Freundinnen. »Versuchen wir lieber, noch möglichst viel Spaß zu haben, solange ich noch hier bin.«
Nach diesen Worten ließ sie ihr Pony in einen leichten Galopp übergehen.
Anna und Rico machten es ihnen nach. »Wir sollten jeden Tag so einen Ausritt machen«, rief Anna.
Auch Belinda und Charly hatten inzwischen aufgeholt. »Und jede Nacht in der Scheune übernachten«, schlug Belinda vor.
Als die Ponyfreundinnen den Ponypfad verließen, weil sie bei Belindas Haus angekommen waren, kamen ihnen Belindas fünfjährige Geschwister, die Zwillinge Jack und Jill entgegengerannt.
»Lucy, deine Großmutter hat angerufen. Remas Vater rief bei euch an und wollte wissen, wo Maja ist«, rief Jill.

»Du sollst sie so schnell wie möglich zurückbringen«, rief Jack.

Inzwischen war auch Mrs Crandal ins Freie gekommen und kam zu Lucy und Maja. Sie wusste nähere Einzelheiten zu berichten. Rema Baxter würde am nächsten Tag vom Internat nach Hause kommen. Die Baxters hatten inzwischen einen neuen Zaun um die Koppel errichtet und Futter und Stroh kommen lassen. Sie wollten, dass Maja bei Remas Ankunft wieder bei ihnen war.

»Mr Baxter schien etwas verärgert, weil er dich den ganzen Tag über nicht erreichen konnte«, fügte Mrs Crandal noch hinzu. »Deshalb bringst du Maja am besten gleich zu ihm.«

Während Mrs Crandal ihr alles erklärte, hatte Lucy ihre Wange die ganze Zeit an Majas warmen, glatten Hals gepresst. Sie dachte daran zurück, wie viel Spaß sie und Maja erst heute Morgen noch am See gehabt hatten. Wie hätte sie auch ahnen können, dass es ihr letzter gemeinsamer Ausritt gewesen war?

Vorbereitungen für Remas Heimkehr

»Oh, Lucy, ich wünschte, du könntest Maja behalten«, sagte Anna traurig.

»Wir begleiten dich zu den Baxters«, versicherte ihr Belinda.

Die Ponyfreundinnen stiegen wieder auf ihre Ponys und ritten über die Riddle Road zu den Baxters.

Als sie nach links in die Lilac Lane einbogen, musste Lucy wieder an den Tag denken, an dem sie das wunderschöne weiße Pony gefunden hatte, als es seine Vorderhand in dem kaputten Stacheldrahtzaun verfangen hatte. Alle hatten hinterher gesagt, sie habe Maja das Leben gerettet. Aber ohne Belinda und Anna hätte sie es nicht geschafft. Auf diese Weise hatten sich die drei Mädchen damals näher kennen gelernt – und Maja gerettet. Für Lucy war dieser Tag der Beginn der Freundschaft zwischen den drei Ponyfreundinnen gewesen.

Lucy würde ihre Freundinnen sehr vermissen, wenn sie von Wiggins wegzog. Anna Harley wohnte im Haus neben

Lucys Großmutter. Hinter dem Haus der Harleys hatten die Ponys eine gemeinsame Koppel. Anna und Lucy waren inzwischen dicke Freundinnen geworden. Lucy fand Anna witzig und energisch. Außerdem konnte sie hervorragend malen.

Lucy lenkte Maja im Trab neben Anna und Rico. »Wenn wir dann Brieffreundinnen sind«, sagte sie zu Anna, »mach dir bitte keine Sorgen wegen eventueller Schreibfehler, okay? Viel wichtiger ist, dass du mir schreibst. Und male mir bitte auch ab und zu ein Bild. Versprochen?« Anna nickte feierlich.

Belindas Briefe würden keine Schreibfehler aufweisen, das wusste Lucy. Belinda Crandal hatte fast nur Einser im Zeugnis. Doch Lucy befürchtete, dass Belinda wahrscheinlich gar keine Zeit haben würde, ihr zu schreiben. Die Crandals besaßen eine Tierarztpraxis und eine Tierklinik. Belindas Vater war Tierarzt, ihre Mutter Reitlehrerin. Deshalb gab es bei den Crandals immer viele Tiere, um die sie sich kümmern mussten, was bedeutete, dass natürlich auch Belinda tüchtig mithelfen musste.

Belinda, die heute das Schlusslicht bildete, rief: »Keine Angst, Lucy. Ich werde schon Zeit finden, dir zu schreiben. Ich schreibe dir sogar jede Woche.« Und wieder einmal konnte sich Lucy nur wundern, dass sie und ihre Freundinnen manchmal die Gedanken der anderen lesen konnten.

Als sie beim Grundstück der Baxters ankamen, stiegen die drei Mädchen von ihren Ponys. Der neue Zaun der Koppel war gut geworden und sah sicher aus. Doch die Mädchen nahmen ihn genau in Augenschein, um ganz sicher zu sein, dass innerhalb der Koppel keine Reste des alten Stacheldrahtzauns mehr lagen. Nach dem, was sie mit Maja damals erlebt hatten, wussten sie, wie gefährlich Stacheldraht sein konnte. Sie führten ihre Ponys auf die Koppel und gingen dann in den Stall, um zu sehen, ob auch dort alles für Majas Ankunft vorbereitet war.

»Igitt! Ist dieser Stall verdreckt!«, rief Belinda angewidert aus, sobald sie über die Schwelle getreten waren.

Lucy sah auf den ersten Blick, dass Belinda Recht hatte. Überall lag schmutziges Stroh herum, alles war verstaubt und an den Wänden hingen Spinnweben. Neues Futter und Stroh waren zwar angeliefert worden, doch niemand hatte es an seinen Platz geräumt.

»Ich kann Maja doch nicht in diesem Schweinestall unterbringen«, sagte Lucy entsetzt. »Was, wenn sie an dieses

Futter kommt und sich überfrisst? Was, wenn sie Lust bekommen sollte, sich hinzulegen?«

»Hm, dann machen wir uns am besten gleich an die Arbeit«, sagte Belinda.

Anna nahm den Besen und begann zu fegen. Belinda nahm eine Heugabel und schaufelte das Futter in den großen Behälter. Lucy wusch die Trinkeimer aus. Plötzlich stupste ihr jemand in den Rücken. Als sie den Kopf wandte, sah sie, dass Maja zu ihr gekommen war. Das Pony schaute sie an, als wollte es fragen: »Hey, was ist denn hier los? Wann gehen wir endlich wieder nach Hause?«

»Das hier ist dein richtiges Heim«, sagte Lucy traurig zu Maja. »Ich hatte dich nur in Pflege, solange Rema im Internat war. Du wirst dich bestimmt wieder an sie erinnern, wenn du sie morgen siehst.«
Maja schnaubte und trottete dann wieder zu Rico und Charly zurück.
»Ich glaube nicht, dass Maja sich an ihren alten Stall erinnern kann«, sagte Lucy zu Belinda und Anna.
»Klar, sie war ja nur ein paar Wochen hier, bevor sie zu dir kam«, sagte Belinda. »Die Baxters waren damals neu zugezogen in Wiggins.«
»Das bedeutet, dass Rema niemanden hier kennt, wenn sie während der Sommerferien hier ist«, sagte Lucy. »Vielleicht hat sie ja Lust, mit euch Reittouren zu machen.«
»Rema?«, rief Anna entsetzt aus. »Kommt nicht in die Tüte! Niemals! Ich kann sie nicht leiden. Sie ist mir zu eingebildet.«
Belinda und Lucy konnten sich das Lachen nicht verkneifen. »Anna, du kennst sie doch gar nicht«, gab Belinda zu bedenken.
Lucy legte Anna eine Hand auf die Schulter. »Du solltest Rema eine Chance geben«, sagte sie. »Majas wegen. Sie wird Rico und Charly bestimmt vermissen.«

»Stimmt«, sagte Anna. »Okay, dann kann Rema meinetwegen mit uns ausreiten. Aber nur wegen Maja.« Sie schüttelte energisch den Kopf. »Aber eine von uns wird Rema niemals werden.«
»Sie ist sowieso schon zu alt«, sagte Belinda zu Anna. »Sie ist um die vierzehn. Wie deine Schwester. Vielleicht sollten wir die beiden miteinander bekannt machen.«
»Wenn ich Rema nicht mag«, antwortete Anna, »dann kann meine Schwester sie garantiert auch nicht leiden.«
Lucy hoffte von ganzem Herzen, dass Anna mit ihrer Meinung über Rema Baxter Unrecht hatte. Sie wünschte sich, dass Rema das netteste Mädchen der Welt war. Majas wegen!
Nach getaner Arbeit inspizierten die drei Mädchen den Stall noch einmal eingehend.
»Nie war er sauberer als heute«, sagte Belinda zufrieden.
»Wir haben alles erledigt«, sagte Anna.
»Aber ich habe noch etwas zu tun«, sagte Lucy zu ihren Freundinnen.
»Und was?«, fragten Belinda und Anna gleichzeitig.
»Ich habe mich noch nicht von Maja verabschiedet.«
»Sollen wir warten?«, fragte Belinda.
»Nein, ich glaube, ich möchte eine Weile mit ihr allein sein«, antwortete Lucy.

Als Belinda und Anna auf ihren Ponys davonritten, wieherte Maja und rannte am Zaun entlang neben ihnen her. Sie schien sagen zu wollen: »Hey, wo wollt ihr denn hin ohne mich? So wartet doch!«

Lucy spielte noch ein Weilchen mit Maja. Zuerst spielten sie Fangen und jagten einander über die Koppel. Dann stellten sie sich in den Schatten eines Baums, und Lucy sang dem Pony etwas vor, wie damals als sie Maja verletzt auf der Koppel gefunden hatte. Anschließend stellte Lucy einen Eimer mit frischem Wasser hin und gab Maja noch eine Hand voll Hafer. Und ganz zum Schluss schrieb sie einen Zettel und klebte ihn an die Stalltür:

Liebe Mrs Baxter, lieber Mr Baxter,
Maja hat schon zu Abend gegessen.
Mit freundlichen Grüßen
Lucinda (Lucy) Sanders
PS: Heißen Sie Rema in meinem Namen herzlich willkommen.
PPS: Maja ist das wunderbarste Pony auf der Welt.

Lucy strich über Majas glatten weißen Hals und erklärte

dem Pony: »Morgen kommt Rema nach Hause.« Dann schmiegte sie sich an das Pony und drückte ihm einen Kuss ins Fell. Das Pony wieherte. »Ich werde dich nie vergessen, Maja«, sagte Lucy traurig.

Lucy wollte nicht, dass Maja sie weinen sah. Deshalb blickte sie auch nicht zurück, als sie über den Zaun kletterte und dann die Lilac Road entlangrannte. Sie rannte – und schluchzte – noch immer, als sie in die Mudge Road einbog.

»Lucy! Warte!« Lucy blickte auf und sah Belinda und Anna auf sich zukommen – ohne ihre Ponys!

»Wir wollten dich nach Hause begleiten«, sagte Anna.

Die drei Freundinnen hielten sich an den Händen, als sie in Richtung der Hauptstraße gingen. Niemand sagte ein Wort. Lucy wusste, dass Belinda und Anna auch traurig waren wegen Maja. Sie waren Lucys besten Freundinnen. Und bald würde sie auch von ihnen Abschied nehmen müssen.

»Ich hasse Abschiede«, sagte Lucy schniefend.

»Ich auch«, sagte Belinda tröstend.

»Und ich erst«, sagte Anna.

Der Ausreißer

Als Lucy zu Hause ankam, war sie noch immer sehr traurig.

Doch ihre Großmutter begrüßte sie mit einer Nachricht, die sie sofort aufheiterte. Lucys Vater hatte ein Telegramm geschickt!

Komme bald. Bin am Dienstag in den Staaten. Kuss Papa.

Lucy freute sich so sehr auf das Wiedersehen mit ihrem Vater, dass sie an diesem Abend kaum einschlafen konnte. Doch irgendwann musste sie trotzdem ins Reich der Träume hinübergeschwebt sein, denn sie kam erst wieder zu sich, als eine Stimme sie rief. »Lucinda, wach auf!«

Als Lucy verschlafen die Augen öffnete, sah sie ihre Großmutter mit einem geheimnisvollen Schmunzeln an ihrem Bett stehen.

Mit einem Schlag war Lucy hellwach und setzte sich auf. »Ist er da?«, fragte sie aufgeregt. »Ist Papa schon da?«

»Nein, noch nicht«, antwortete ihre Großmutter. »Heute ist erst Sonntag. Aber jemand anders ist gekommen.«
»Wer?«, fragte Lucy gespannt.
»Dein Pony«, antwortete die Großmutter.
»Maja?!«, rief Lucy überrascht aus. »Aber ich habe sie doch gestern zu den Baxters gebracht!«
Und schon sprang sie aus dem Bett und rannte ans Fenster. Ihre Großmutter hatte Recht. Maja stand auf der Koppel der Harleys und knabberte Seite an Seite mit Rico im taubedeckten Gras. Wie eh und je.

Lucy flog förmlich die Treppe hinunter und stürmte ins Freie.
In diesem Moment rannte auch Anna über den Hof. »Hey, ich habe Maja gerade vom Küchenfenster aus gesehen«, rief sie aufgeregt. »Ich wollte es dir gerade sagen.«
Die beiden Mädchen betraten die Koppel. Maja rannte ihnen wiehernd entgegen. »Maja, du Schlingel«, sagte Lucy strahlend, »du bist ausgerissen, stimmt's?«
»Das ist sie nicht«, entgegnete Anna. »Für sie ist das hier ihr Zuhause. Sie ist zu Rico und dir heimgekehrt.« Anerkennend tätschelte Anna Majas Hals. »Was bist du doch für ein kluges Tier!«
»Ich gehe am besten gleich wieder rein, um die Baxters anzurufen«, sagte Lucy.
Doch die Baxters waren nicht zu Hause. Mr Baxters Stimme auf dem Anrufbeantworter bat die Anrufer, ihm freundlicherweise eine Nachricht zu hinterlassen. Deshalb sagte Lucy nun klar und deutlich: »Maja ist wieder auf der Koppel, auf der sie war, solange ich sie in Pflege hatte. Es geht ihr gut. Ich werde sie natürlich bald wieder zurückbringen. Hm . . . hier spricht Lucy Sanders. Vielen Dank und auf Wiederhören.«
Nachdem Lucy in aller Eile gefrühstückt hatte, ging sie

wieder in den Garten. Inzwischen waren auch Belinda und Charly eingetroffen.

»Ich wette, die Baxters haben noch gar nicht bemerkt, dass Maja fort ist«, sagte Belinda. »Leute wie sie dürften kein Pony haben.«

»Es ist ja auch nicht ihr Pony«, gab Lucy zu bedenken. »Es gehört ihrer Tochter Rema. Was ist? Bringen wir Maja zusammen zurück?«

»Ich wette, sie wird wieder weglaufen«, sagte Anna.

»Das wäre schrecklich«, sagte Belinda. »Es ist gefährlich für ein Pony, frei auf den Straßen herumzulaufen. Es könnte angefahren werden oder so.«

»Ich weiß«, sagte Lucy. »Aber sie wird sicher nicht mehr weglaufen, wenn Rema erst zu Hause ist.«

Lucy dachte an Rema und Maja. Sie hatte sich die beiden nie zuvor zusammen vorgestellt. Ab jetzt würde ein anderes Mädchen Maja einen guten Morgen wünschen. Ein anderes Mädchen würde auf ihr reiten und galoppieren wie der Wind. Ein anderes Mädchen würde Maja Lieder vorsingen und sie striegeln.

»Am besten, wir gehen gleich los«, sagte Lucy zu ihren Freundinnen.

Lucy lieh sich von Anna Zaumzeug aus. Dann stieg sie auf

Majas nackten Rücken, da sie keinen Sattel mehr hatte. »Nehmen wir lieber den Ponypfad und nicht die Hauptstraße«, sagte sie. »Das ist sicherer.«

Die Ponyfreundinnen hätten es sich nicht träumen lassen, dass sie noch einmal gemeinsam ausreiten würden – und nun waren sie doch wieder auf dem Ponypfad.

»Unsere gemeinsamen Ausritte haben mir richtig gefehlt«, seufzte Anna.

»Aber der letzte war doch erst gestern«, sagte Belinda.

»Ich weiß«, antwortete Anna. »Aber trotzdem . . .«

Als sie auf dem Grundstück der Baxters ankamen, sahen sie, dass Rema noch nicht zu Hause war. Deshalb sagte Belinda: »Wir warten hier mit dir. Zu dritt ist es vielleicht einfacher, Mr Baxter zu erklären, wie und warum Maja ausgerissen ist und alles.«

Während sie gemeinsam auf Rema Baxter warteten, striegelte Lucy Maja ein weiteres Mal. Sie wollte, dass das Pony gepflegt und sauber aussah. Sie war gerade dabei, Majas Mähne zu bürsten, als der Kombi der Baxters in die Einfahrt fuhr. Sobald der Wagen zum Stillstand gekommen war, sprang ein Mädchen vom Rücksitz und rannte zur Koppel. »Maja!«, rief es mit lauter Stimme. »Maja! Ich bin wieder da!«

Maja entwand sich Lucys Händen, stieß ein erfreutes Wiehern aus und galoppierte auf das fremde Mädchen zu. Rema war zurück.

Das Zusammentreffen mit Rema

Lucy blieb auf der Koppel stehen und betrachtete aus der Ferne das freudige Wiedersehen von Rema und Maja.
Belinda legte Lucy eine Hand auf die Schulter. »Komm, Lucy. Erzählen wir Rema gleich, wie Maja entkommen konnte.«
Die drei Ponyfreundinnen gingen gemeinsam auf Rema zu. »Ich mag sie irgendwie nicht«, flüsterte Anna. »Ich wette, sie ist eine Angeberin.«
Lucy fand, dass Rema ganz nett aussah. Man sah auf den ersten Blick, dass sie um einiges älter war als das Pony-Trio. Sie war größer als sie, trug ein schwarzes, ärmelloses Kleid, schwarze Sandalen und war geschminkt.
Als die drei Freundinnen näher kamen, sahen sie, dass Rema ihrem Pony gerade einen Schokoriegel gab. »Wir geben unseren Ponys nie Süßigkeiten«, sagte Anna kopfschüttelnd.
»Oh, Maja steht auf Schokolade«, sagte Rema unbeeindruckt. »Und wer seid ihr, wenn ich fragen darf?«

»Ich bin Lucy Sanders«, antwortete Lucy. »Wir wollten Maja ein bisschen Gesellschaft leisten und auch auf dich warten.«
»Ich bin Belinda Crandal«, stellte Belinda sich vor und streckte die Hand aus, um Rema zu begrüßen. Lucy ärgerte sich, dass sie nicht auch daran gedacht hatte, Rema mit einem Handschlag zu begrüßen.
»Und ich bin Anna Harley«, erklärte Anna etwas mürrisch. Rema wollte Anna die Hand reichen, doch Anna übersah sie geflissentlich.
»Maja hatte offenbar so große Sehnsucht nach Lucy, dass sie ausriss und zu ihrer alten Koppel zurückkam«, fuhr Anna fort. »Dort lebte sie die letzten Monate über zusammen mit meinem Pony Rico. Wahrscheinlich hatte sie auch Sehnsucht nach Rico. Unsere Ponys verstehen sich nämlich prächtig.«
Rema starrte Lucy nur an. Lucy starrte zurück.
Ein peinliches Schweigen machte sich breit.
Es war Rema, die dieses Schweigen schließlich brach. »Aha, du bist also Lucinda Sanders«, sagte sie. »Wenn ich gewusst hätte, dass du noch so klein bist, hätte ich dir mein Pferd nicht in Pflege gegeben. In deinen Briefen hast du dich älter angehört.«

»Lucy weiß alles über *Pferde«,* erklärte Belinda. »Und *Ponys* wie Maja. Dein Pony war bei ihr also in besten Händen.«

»Das erklärt natürlich, warum mein Pferd letzte Nacht allein durch die Gegend gerannt ist«, meinte Rema spöttisch.

Lucy war sprachlos. Warum war Rema nur so gemein zu ihnen? Und warum bezeichnete sie Maja ständig als Pferd? Ihr musste doch klar sein, dass Maja für ein Pferd etwas zu klein und deshalb eindeutig ein Pony war! Hatte Anna doch Recht, als sie sie als Angeberin bezeichnet hatte? Außerdem fand Lucy es absolut nicht schön, dass Maja die ganze Zeit schon bei Rema stand. Klar, es war wichtig, dass Maja seine richtige Besitzerin mochte. Aber die Tatsache, dass sie selbst für das Pony plötzlich nur noch Luft war, tat doch irgendwie weh.

»Gehen wir!«, sagte Belinda zu Anna und Lucy. »Ich hole Charly.«

Während Belinda und Anna ihre Ponys holten, sagte Lucy zu Rema: »Wir haben den Stall für Maja schon hergerichtet. Sie bekommt zwei Hand voll Hafer pro Tag. Eine am . . .«

»Danke! Ich weiß sehr wohl, was Maja braucht«, erklärte Rema schnippisch. Sie spielte mit Majas Stirnfransen. »Wir kennen uns schon sehr lange.«

In diesem Moment sah Maja, dass Charly und Rico gesattelt wurden. Sie ging auf Lucy zu und schaute sie an, als wollte sie sagen: »Was ist? Gehen wir auch?«
»Du kannst nicht mitkommen, Maja«, sagte Lucy zu dem Pony. Das verstand Maja natürlich nicht. Sie wieherte und stupste Lucy an die Schulter. Lucy spürte, dass das Pony sagen wollte: »Komm endlich! Ich will auch mit zu dem Ausritt!«
»Tut mir Leid, meine Süße«, flüsterte Lucy. »Ich wünschte, du könntest mitkommen.« Sie strich die Stirnfransen des Ponys wieder gerade, die Rema zerzaust hatte.

Rema war währenddessen damit beschäftigt, die weißen Härchen von ihrem schwarzen Kleid zu zupfen, die Maja dort hinterlassen hatte. Sie blickte nicht einmal auf, als sie Lucy fragte: »Was macht man hier eigentlich den ganzen Sommer über? Wiggins ist doch schrecklich langweilig.«

»Das dachte ich anfangs auch, als ich neu hier zugezogen war«, antwortete Lucy. »Aber eigentlich ist es hier gar nicht langweilig. Wir machen Ausritte oder gehen im See schwimmen. Es gibt viele Reit- und Wanderwege hier in der Gegend. Und es gibt auch einen Schnellimbiss, wo es tolles Essen gibt. Besonders Schokokuchen. Dort sind wir relativ häufig.«

»Ich wollte nicht wissen, was *du* so machst«, meinte Rema schnippisch. »Ich meinte Jugendliche. Wie ich.«

Lucy kam immer mehr zu der Überzeugung, dass Anna mit ihrer Meinung über Rema Baxter wohl doch Recht gehabt hatte. Sie konnte nur hoffen, dass Rema zu Ponys netter war als zu anderen Kindern.

Maja schien sich noch immer zu wundern, warum sie nicht auch wie Rico und Charly gesattelt wurde. Ratlos ging sie wieder zu Rema, in der Hoffnung, diese würde ihr eine Erklärung geben. Dabei fiel ein dünner Spuckefaden des Ponys auf Remas Sommerkleid. »Iiih, Maja!«, rief Rema an-

gewidert aus und stieß den Kopf des Ponys weg. »Schau, was du gemacht hast!«
Die drei Ponyfreundinnen tauschten viel sagende Blicke aus. Rema war zu Ponys genauso unfreundlich und abweisend wie zu Menschen. Keine von ihnen verspürte Lust, Maja bei dieser hochnäsigen Ziege zu lassen.
Den drei Mädchen wurde in diesem Moment klar, dass sie sich etwas einfallen lassen mussten, um Maja vor Rema zu beschützen. Und sie wussten auch, dass sie keine Zeit für eine große geheime Besprechung hatten. Sie mussten auf der Stelle handeln.
Belinda trat einen Schritt vor. »Rema«, sagte sie. »Es kann durchaus sein, dass Maja noch einmal ausreißt. Und das könnte ziemlich gefährlich sein, wegen der Autos und so.«
Anna kam ihr sofort zu Hilfe. »Vielleicht wäre es besser, wenn Maja die Nacht wieder mit Rico auf unserer Koppel verbringt. Dann wird sie nicht ausreißen.«
Nun war Lucy an der Reihe. »Wenn du willst, hole ich Maja heute Abend um sechs hier ab und bringe sie gleich morgen früh wieder zurück. Ich könnte mich auch weiterhin um sie kümmern, weißt du. Ich meine, ihren Wassereimer auswaschen und die Box sauber machen.«

»Und wenn Lucy wegzieht, könnten Anna und ich uns um all diese Sachen kümmern«, fügte Belinda rasch hinzu.
Doch Rema lachte ihnen ungeniert ins Gesicht. »Ich kann mich sehr wohl um mein eigenes Pferd kümmern«, erklärte sie. »Zeit genug habe ich ja. Hier ist ja sonst nichts los. Und macht euch keine Sorgen um Maja. Sie wird keine Gelegenheit mehr zum Ausreißen haben. Ich werde sie nämlich hauptsächlich im Stall halten.«
Lucy war entsetzt. Maja und sie waren sich sehr ähnlich. Sie beide hielten sich am liebsten im Freien auf. Und nun würde Maja die meiste Zeit des Sommers im Stall stehen müssen. Das arme Pony!

Die Überraschung

In dieser Nacht wollten die Ponyfreundinnen zum letzten Mal gemeinsam in der Scheune übernachten.
Während Lucy mit ihrer Großmutter zu Abend aß, dachte sie wehmütig an die vielen gemeinsamen Übernachtungen in der Scheune mit ihren zwei besten Freundinnen. Bei diesen Übernachtungen schliefen die drei Mädchen zusammen in der Scheune, während ihre Ponys draußen auf der Koppel standen. Doch heute Nacht würden nur Rico und Charly auf der großen Koppel der Crandals stehen. Die arme Maja würde mutterseelenallein in einer engen, viel zu heißen Box stehen.
Die Großmutter riss Lucy aus ihren traurigen Gedanken, indem sie sagte: »Ich fahre dich nachher zu den Crandals, mein Schatz. Doch vorher möchte ich dir noch schnell den Pony schneiden. Als Enkelin einer Frisörin kannst du unmöglich mit so ungepflegten Haaren herumlaufen.«
Lucy war so traurig wegen Maja, dass es ihr völlig egal war, was ihre Großmutter mit ihren Haaren machen woll-

te. Wenn sie Lust gehabt hätte, hätte sie ihr sogar eine Dauerwelle machen dürfen.
»Du wirst mir sehr fehlen«, sagte die Großmutter, während sie sich an Lucys Haaren zu schaffen machte. »Es war schön, dich hier bei mir zu haben. Und wenn ich in Zukunft zum Küchenfenster hinausschaue, wird mir wahrscheinlich sogar der Anblick deines Ponys fehlen.«
»Maja war nie mein Pony, Großmutter«, sagte Lucy bedrückt. »Sie gehörte immer Rema Baxter.«

Als Lucy bei Belinda ankam, ging sie gleich hinters Haus zu den Koppeln und der Scheune. Doch Anna und Belinda waren nicht da. Dann sind sie bestimmt in der Küche, dachte sich Lucy. Sie ging über den Hof auf das Wohnhaus zu.
Doch in der Küche war niemand außer Woolie, dem Hund der Crandals.
»Hallo? Ist niemand da?«, rief Lucy laut.
»Doch, hier im Wohnzimmer«, rief Belinda zurück.
Als Lucy und Woolie durch den kurzen Flur zum Wohnzimmer gingen, fiel ihr auf, dass es ungewohnt ruhig war im Haus. Sie öffnete die Tür zum Wohnzimmer. Doch sie sah niemanden.

»Belinda?«, rief Lucy nervös. »Wo bist du?«
Plötzlich tauchten *überall* Leute auf.
Die Zwillinge sprangen aus ihrer großen Spielkiste.
Die Schranktür öffnete sich und Dr. und Mrs Crandal kamen heraus.
Hinter der großen Couch erhob sich Annas gesamte Familie.
Großmutter Sanders, Belinda und Mrs Wiggins, die gemeinsame Freundin der Ponyfreundinnen, kamen hinter den Vorhängen hervor.
»ÜÜÜÜÜBERRASCHUNG!«
Alle brüllten und lachten durcheinander. Woolie bellte wie verrückt und sprang zwischen den vielen Leuten herum.
Lucy verschlug es förmlich die Sprache – was wahrlich nicht oft vorkam. Eine Überraschungsparty nur für sie! Das war die tollste Überraschung, die sie je erlebt hatte.
Das Wohnzimmer der Crandals war mit azurblauen Luftballons und Papierschlangen geschmückt. »Alles in der Clubfarbe des Pony-Trios!«, rief Anna und strahlte.
»Toll«, brachte Lucy schließlich über die Lippen.
Mitten auf dem Tisch stand ein riesiger Schokokuchen, der die Form eines Hufeisens hatte. »Er soll dir Glück bringen, Lucy«, sagte Annas Mutter.

Jill kletterte auf einen Stuhl und legte Lucy ein Kränzchen aus Gänseblümchen auf den Kopf. Auch Jack hatte einen Kranz geflochten – aus Stroh. »Weil du Pferde so magst«, erklärt er, während er seinen Kranz über den von Jill drückte.

Und es gab noch mehr Geschenke! Mrs Wiggins überreichte Lucy ein Buch mit einem karierten Textileinband und leeren Seiten. »Damit du ein Tagebuch schreiben kannst«, sagte sie zu Lucy. »Du und dein Vater lebt an so interessanten Orten, dass du wirklich alles aufschreiben solltest.«

Belinda und ihre Eltern schenkten Lucy einen wunderschönen Bildband über Pferde. Die Großmutter schenkte Lucy ein pfiffiges Frisierset. Und Anna schenkte ihr ein selbst gemaltes Bild von Maja!

Zu später Stunde, als die Party zu Ende war, ging das Pony-Trio hinaus zur Koppel, um Rico und Charly eine gute Nacht zu wünschen. Danach verzogen sich die Mädchen in die Scheune und krochen in ihre Schlafsäcke.
»Vielen, vielen Dank für die schöne Party«, sagte Lucy. »Es war super.«
»Eigentlich wollten wir auch Rema einladen«, sagte Belinda.
»Doch dann haben wir sie kennen gelernt«, ergänzte Anna.
»Arme Maja«, sagten die drei Mädchen übereinstimmend.
Sie schwiegen einige Sekunden lang, weil sie daran denken mussten, wie sehr ihnen Maja in ihrer letzten gemeinsamen Nacht fehlte.
»Mir hat es hier in Wiggins gefallen«, sagte Lucy nach einer Weile. »Vielleicht gefällt es Rema bald auch. Dann wird sie vielleicht etwas umgänglicher.«
»Das bezweifle ich«, knurrte Anna.

»Ich bin gespannt, wohin es dich als Nächstes verschlägt, Lucy«, sagte Belinda.
»Wo immer du auch hinziehen wirst«, sagte Anna, »ich hoffe, dass du dich dort genauso wohl fühlst wie hier in Wiggins.«
»Ich werde mich nirgends so wohl fühlen wie in Wiggins«, erklärte Lucy kopfschüttelnd. »Ihr werdet mir schrecklich fehlen.«
»Ich verstehe, was du meinst«, sagte Anna mitfühlend. »Gute Freunde sind unersetzlich.«
Belinda und Lucy lachten.
»Hat sich das eingebildet angehört?«, fragte Anna betroffen.
»Nein«, antwortete Lucy. »Es hat sich wahr angehört. Zwei so tolle Freundinnen wie euch gibt es nirgends auf der Welt.«
Sie redeten noch lange über die vielen Abenteuer, die sie auf dem Rücken ihrer Ponys erlebt hatten, bis sie schließlich erschöpft einschliefen.
Lucy träumte von Maja. Im Traum hörte sie ein Pony mit den Vorderhufen an eine Holzwand treten. Das Getrampel war so laut, dass Lucy davon erwachte. Überrascht rieb sie sich die Augen. Nein, das Geräusch gehörte nicht zu ihrem

Traum. Es war *wirklich*! Dabei wusste Lucy genau, dass in dieser Nacht keine Pferde drüben im Stall waren. Aber jemand – oder *etwas* – war im Moment dort drüben. Anna griff nach Lucys Arm. Auch sie war offensichtlich von diesem Geräusch geweckt worden. Wortlos kamen die beiden Mädchen überein, auch Belinda zu wecken, die wie ein Murmeltier schlief. Plötzlich hörten die drei Mädchen ein lautes Grunzen.

Lucy griff nach ihrer Taschenlampe. Fast geräuschlos schlüpften die drei Mädchen aus ihren Schlafsäcken. Die Ponyfreundinnen waren wild entschlossen herauszufinden, wer – oder was – sich dort draußen herumtrieb.

Bären!

Welches grässliche, brummende Wesen schlich da durch den Stall? Auf Zehenspitzen schlichen die Ponyfreundinnen aus der Scheune. Es war so dunkel im Stall, dass sie einander kaum sehen konnten. Als sie um die Ecke gebogen waren, richtete Lucy ihre Taschenlampe in die Dunkelheit und knipste die Lampe an. In dem gelben Lichtstrahl sahen die Mädchen den Rücken eines großen . . . Mannes.

Sie stießen einen Schrei aus.

Auch der Mann stieß einen überraschten Schrei aus und drehte sich um.

»HILFE!«, brüllten Belinda und Anna.

»Papa!«, rief Lucy. »Oh, Papa! Du bist's! Wie kommst du denn hierher?« Sie ließ die Taschenlampe fallen und stürzte sich in die Arme des Mannes.

Während sich die beiden noch küssten und umarmten, machte Belinda das Scheunenlicht an. Dann stellte Lucy ihrem Vater ihre Freundinnen vor. Mr Sanders entschul-

digte sich vielmals, dass er die Mädchen so erschreckt hatte und erklärte ihnen, dass er im Dunkeln über einen Schemel gestolpert war. »Ich hatte leider nicht daran gedacht, eine Taschenlampe mitzunehmen«, sagte er.
»Sie haben aber wirklich ein komisches Geräusch von sich gegeben, als sie gestolpert sind«, sagte Belinda.
»Etwa so?«, fragte Mr Sanders und grunzte. Die Mädchen lachten. »Hey, wisst ihr was?«, sagte Mr Sanders. »Die Sonne dürfte gleich aufgehen. Was meint ihr? Habt ihr Lust, gemeinsam den Sonnenaufgang zu beobachten?«
Belinda meinte, dass man den Sonnenaufgang am besten oben vom Heuboden aus sehen konnte. Deshalb saßen die drei Ponyfreundinnen und Mr Sanders wenig später auf Heuballen und schauten durch das Fenster des Heubodens nach Osten.
»Papa, ich dachte, du würdest erst am Dienstag ankommen«, sagte Lucy aufgeregt.
»Ich bekam eine bessere Flugverbindung als ursprünglich geplant«, erklärte ihr Vater. »Und als ich vorhin bei deiner Großmutter eintraf, sagte sie mir, dass du heute Nacht hier bist. Deshalb kam ich gleich her. Ich wollte dich überraschen.«

»Echt gelungen«, riefen die drei Mädchen wie aus einem Munde.
Lucys Vater legte einen Arm um seine Tochter und zog sie an sich. »Ich konnte es kaum erwarten, dich wiederzusehen.«
»Ging mir genauso«, sagte Lucy. »Ich habe dir wahnsinnig viel zu erzählen.«
Die Mädchen berichteten Lucys Vater von der Überraschungsparty am Vorabend. Sie erzählten auch von ihren Ponys, besonders von Maja. »Schade, dass ich sie nicht mehr habe«, sagte Lucy traurig. »Ich hätte sie dir schreck-

lich gern vorgestellt. Aber leider kommst du einen Tag zu spät.« Lucy erzählte ihrem Vater auch, wie es gewesen war, als sie Maya an Rema übergeben hatte.

Als die Sonne gerade ihre ersten Strahlen über den Mount Morris schickte und dessen Kuppe zu strahlen begann, schaute Lucy zu ihrem Vater hinüber. Auch er betrachtete sie gerade mit dem Anflug eines Lächeln auf den Lippen. »Warum schaust du mich so an, Papa?«, fragte sie.

»Ich muss mich erst wieder an dich gewöhnen«, sagte er. »Du bist in den letzten Monaten richtig erwachsen geworden. Du kommst mir so selbstständig vor und so . . . vernünftig.«

»Das liegt an Maja«, antwortete Lucy. »Weißt du, ich habe vieles gelernt, als ich sie in Pflege hatte.« Sie blickte auf Anna und Belinda. »Und auch von meinen Freundinnen habe ich viel dazugelernt.«

»Das Pony-Trio hält immer zusammen!«, erklärte Anna stolz. »Wenn wir vor einem Problem stehen und gemeinsam beraten, finden wir auch eine Lösung.«

»Selbst in Fällen, in denen Erwachsenen nichts einfällt«, fügte Belinda hinzu.

Nachdem die Sonne aufgegangen war, ging das kleine

Grüppchen zur Koppel, damit Lucys Vater Rico und Charly kennen lernte. Sie zeigten ihm auch den Ponypfad, der direkt hinter der Koppel begann.

Anschließend stiegen Lucy und ihr Vater ins Auto, um zu Großmutter Sanders zu fahren. Vor der Abfahrt beugte sich Lucy noch einmal aus dem Autofenster und sagte zu ihren Freundinnen: »Macht einen schönen Ausritt heute und habt viel Spaß dabei. Um mich braucht ihr euch keine Sorgen zu machen. Ich muss sowieso packen und alles. Aber wir sehen uns noch, bevor ich endgültig gehe.«

Während der Fahrt fragte Lucy ihren Vater: »Sag schon! Wohin ziehen wir, Paps?«

Ihr Vater lächelte, blieb ihr jedoch die Antwort schuldig.

»Bitte, Papa! Spann mich nicht auf die Folter!«

»Lucy«, begann ihr Vater. »Du hast mir schrecklich gefehlt, als ich die ganzen Monate am Amazonas war. Und ich weiß, dass ich dir auch gefehlt habe. Aber zum Glück wusste ich, dass du dich hier in Wiggins wohl gefühlt hast.«

»Papa, du wirst mich doch nicht etwa wieder hier lassen und ohne mich weggehen?«, rief Lucy entsetzt aus. »Bitte, Papa! Ich habe dich so sehr vermisst!«

»Lass mich erst ausreden, meine Kleine«, antwortete ihr Vater schmunzelnd. »Ich habe mir ein Projekt ausgedacht, das ich hier in der Gegend ausführen kann. Ich habe diesen Vorschlag meinem Verlag angeboten . . .« Er warf einen kurzen Seitenblick auf seine Tochter. »Und gestern haben sie zugesagt. Das bedeutet, dass wir beide fürs Nächste hier in Wiggins bleiben.«

»Welche Tiere studierst du hier, Papa?«, fragte Lucy eifrig. »Ich wette, es geht um Weißwedelhirsche.«

»Irrtum!«, antwortete er. »Es geht um ein Forschungsprojekt über Schwarzbären. Sie sind neuerdings wieder hier in die Gegend zurückgekehrt.«

»Bären?«, rief Lucy erstaunt. Belinda und Anna würden Augen machen, wenn sie es ihnen erzählte! »Super, Papa! Kann ich dir dabei irgendwie helfen?«

»Klar«, antwortete er. »Wie immer.«

Lucy lächelte selig, als ihr Vater das Auto in die Garage von Großmutters Haus fuhr. Es gefiel ihr so gut hier in Wiggins. Sie freute sich sehr, dass sie sich nun doch noch nicht von Belinda und Anna trennen musste und gleichzeitig mit ihrem Vater zusammenleben konnte.

Doch bei dem Gedanken an Maja erlosch ihr Lächeln abrupt.

»Was ist, Lucy?«, erkundigte sich ihr Vater. »Ich hatte gedacht, du würdest dich freuen.«
»Tu ich auch«, antwortete Lucy. »Wirklich.« Sie versuchte zu lächeln. Doch es wollte ihr nicht so recht gelingen. Wie konnte sie ohne Maja hier in Wiggins leben?

Keine sehr gute Reiterin

Nach dem Frühstück ging Lucys Vater nach oben, um sich hinzulegen. »Die lange Reise war sehr anstrengend für ihn«, sagte die Großmutter zu Lucy. »Ich wette, er schläft den ganzen Tag.«

Vorne im Frisörsalon bimmelte die Türglocke. Großmutters erste Kundin war da. Großmutter würde bis zum Abend in ihrem Salon zu tun haben.

Lucy rief bei Belinda an. Sie brannte darauf, ihren Freundinnen mitzuteilen, dass sie nun doch nicht wegziehen würde. Doch Mrs Crandal war am Apparat. Sie sagte Lucy, dass Belinda und Anna schon zu ihrem Ausritt auf dem Gelände des Wiggins-Hofs aufgebrochen waren.

Nachdem Lucy das Frühstücksgeschirr gespült hatte, saß sie am Küchentisch, den Kopf in die Hände gestützt. Was sollte sie heute machen? Wäre Maja noch *ihr* Pony, überlegte sich Lucy, wäre sie natürlich auch bei diesem Ausritt dabei. Doch da dies nun einmal nicht der Fall war, schlüpf-

te Lulu etwas traurig in ihre Wanderschuhe. Sie hatte beschlossen, eine kleine Wanderung zu machen.
Lucy ging die Hauptstraße entlang, bis sie zur Mudge Road kam. Von der Mudge Road bog sie nach einer Weile nach rechts ab, in die Lilac Lane. Fast unbewusst hatte Lucy den Weg zur Koppel der Baxters eingeschlagen.
Maja durfte sie natürlich nicht sehen. Lucy wusste, dass das Pony etwas Zeit brauchte, um sich wieder an Rema zu gewöhnen. Aber Lucy wollte unbedingt wissen, ob Rema Maja wenigstens tagsüber auf die Koppel ließ.
Als Lucy sich dem Grundstück der Baxters näherte, marschierte sie auf der anderen Straßenseite hinter den Büschen entlang, damit Maja sie nicht sah. Doch wie sie wenig später entdeckte, gab es kein Pony, vor dem sie sich verstecken musste. Maja war nicht auf der Koppel. Lucy konnte schauen, so lange sie wollte – keine Maja weit und breit!
Rema konnte ihr Pony doch unmöglich auch tagsüber im Stall lassen, oder doch? Ein schrecklicher Gedanke! Lucy spürte eine schreckliche Wut in sich aufsteigen und überlegte gerade angestrengt, was sie tun könnte, als sie plötzlich Hufgetrampel hörte.
Und gleich darauf sah sie Rema auf Majas Rücken um eine

Kurve der Lilac Road traben. Man sah auf den ersten Blick, dass Remas Körper sich nicht im Takt zu Majas Trab bewegte. Lucy konnte es sich nur mit Mühe verkneifen zu rufen: »Winkle die Knie mehr an!« Wenn Rema ihren Sitz korrigierte, wäre ihr selbst und auch Maja geholfen. Mit einem Mal riss Rema heftig am Zügel, sodass Maja stehen blieb. Lucy taten schon vom Zusehen die Mundwinkel weh.

Rema beugte sich seitlich aus dem Sattel, um ihre Steigbügel anders einzustellen. Dann ließ sie Maja weitertraben. Doch sie saß noch immer nicht ideal. Man sah Rema an, dass ihr der Ausritt wenig Spaß machte. Maja übrigens auch nicht.

»Ich weiß nicht, was mit dir los ist, Maja«, schimpfte Rema. »Ich hätte es nicht zulassen dürfen, dass dieses Kind sich um dich kümmert. Sie hat dich total verdorben.«

Am liebsten wäre Lucy hinter dem Gebüsch hervorgesprungen und hätte gerufen: »Das stimmt nicht. *Du* bist diejenige, die keine Ahnung davon hat, wie man Maja reiten muss!«

Aber sich mit Rema anzulegen, hätte wenig genutzt. Und ein lautes Wortgefecht hätte nur Maja durcheinander gebracht. Lucy beschloss, sich lieber aus dem Staub zu machen, bevor sie entdeckt würde. Sie wollte zu ihren Freundinnen.

Deshalb drehte Lucy sich um und ging in den dichten Wald, der hinter ihr lag. Das Wild hatte sich einen Tunnel durch das Unterholz gebahnt, durch das Lucy nun in gebückter Haltung schlüpfte, bis sich der Tunnel zu einer großen, hellen Lichtung öffnete, auf der etliche Weißwedelhirsche grasten. So unauffällig wie möglich versuchte Lucy am Rand der Lichtung vorbeizuhuschen. Doch eines der Tiere blickte auf und sah sie. Es stieß einen hohen, durchdringenden Warnruf aus, der alle Tiere im Handumdrehen im Wald verschwinden ließ.

Bis Lucy endlich zu einem Weg gelangte, war sie verschwitzt und durstig. Aber sie achtete nicht darauf. Sie musste unbedingt den kürzesten Weg zum Gelände des Wiggins-Hofs finden. Sie wollte Belinda und Anna finden.

Lucy stellte sich ihre Landkarte von Wiggins vor. Sie musste auf der Verlängerung der Mudge Road sein. Der Badd Brook verlief parallel zur Mudge Road. Sie musste also nur diesem Bach folgen. Er war die perfekte Abkürzung zum Gelände des Wiggins-Hofs.

Nachdem Lucy etwa eine halbe Stunde lang dem Bachlauf gefolgt war, hörte sie plötzlich Ricos vertrautes Wiehern.

Und schon kamen Belinda und Anna auf dem Rücken ihrer Ponys um eine Kurve gebogen. Lucy fiel auf, dass ihre Freundinnen keinen sehr glücklichen Eindruck machten. Belinda entdeckte Lucy als Erste. Ihre traurige Miene erhellte sich umgehend. Ein breites Lächeln machte sich auf ihrem Gesicht breit. »Hey, schau mal, wer da ist!«, rief sie Anna zu.

»Lucy!«, rief Anna begeistert aus. »Es ist Lucy!«

Lucy freute sich sehr darüber, dass ihre Freundinnen so glücklich waren, sie zu sehen. Sie stiegen sofort ab und

führten ihre Ponys am Zügel, damit sie neben Lucy hergehen konnten. »Warum habt ihr vorhin so betrübt aus der Wäsche geschaut?«, fragte Lucy. »Was war?«

»Du hast uns so gefehlt«, antwortete Anna.

»Ach, das könnt ihr vergessen«, sagte Lucy lachend. »Weil ich nämlich gar nicht wegziehe. Stellt euch vor – mein Vater hat ein neues Projekt, direkt hier in Wiggins.«

Die Freundinnen brüllten begeistert »Suuuper!« und schlugen wie üblich die Handflächen aneinander. Rico und Charly wieherten zufrieden, als hätten auch sie die gute Nachricht verstanden.

»Und ratet mal was noch!«, sagte Lucy geheimnisvoll.

»Was?«, fragten Anna und Belinda wie aus einem Munde.

»Mein Vater forscht über Schwarzbären. Sie sollen angeblich wieder hier in der Gegend leben. Und er will einen Artikel über sie schreiben, für den *National Geographic.*«

»Bären?«, rief Belinda überrascht aus.

»Wahnsinn!«, rief Anna.

Und wieder folgte eine Runde Händeklatschen.

»Und er hat gesagt, wir können ihm dabei helfen«, fügte Lucy noch hinzu.

Sie klatschten sich so oft in die Hände, bis sie ihnen schließlich weh taten.

»Aber leider gibt es auch eine schlechte Nachricht«, fuhr Lucy fort. »Und diese ist sogar der Hauptgrund dafür, warum ich euch unbedingt sofort sprechen musste.«

Sie berichtete ihren Ponyfreundinnen, dass sie Rema und Maja heimlich beobachtet hatte und dass Rema eine miserable Reiterin war.

»Wundert mich nicht«, meinte Anna kurz angebunden.

»Wie konnte sie dann all die vielen Schleifen gewinnen, die bei den Baxters im Stall hängen?«, überlegte Lucy laut.

»Nun ja, vielleicht war sie früher mal ganz gut«, sagte Belinda. »Aber sie ist seit längerem nicht mehr geritten. Vermutlich hat sie eine Menge vergessen.«

»Und stellt euch vor – ich soll schuld sein, dass sie nicht mehr mit ihrem Pony zurechtkommt«, sagte Lucy empört. »Das hat sie zu Maja gesagt.«

»So eine Frechheit!«, rief Anna nicht minder empört aus. »Aber es ist typisch für Rema, ihre Probleme einfach anderen in die Schuhe zu schieben.«

Zur Abwechslung waren Belinda und Lucy diesmal völlig einig mit Anna, was deren Meinung über Rema Baxter betraf.

»Lucy, ich finde, dass du auf Maja reiten müsstest«, sagte Belinda.

»Jetzt, wo du in Wiggins bleibst, solltest du sie zurückbekommen«, sagte Anna.
»Aber wie?«, fragte Lucy.
»Hm, jede von uns überlegt sich wie immer einen Plan, wie wir das hinkriegen könnten«, schlug Belinda vor.
»Okay, wir treffen uns heute Abend um sieben Uhr im Schnellimbiss, um unsere Ideen zu besprechen«, sagte Anna aufgeregt.
»Keine Bange, Lucy«, sagte Belinda. »Wir werden uns einen genialen Pony-Trio-Plan ausdenken, wie du Maja zurückbekommen kannst.«
»Vergiss nicht – wir haben Pony-Trio-Power«, fügte Anna hinzu.
Die drei Mädchen gingen zu der Wiese mit dem Steinmäuerchen, über das man so wunderbar springen konnte. Lucy durfte abwechselnd auf Rico und Charly reiten. Aber drei Mädchen mit zwei Ponys war einfach nicht dasselbe wie drei Mädchen mit drei Ponys!
Ihre Freundinnen begleiteten Lucy mit ihren Ponys über den Ponypfad nach Hause. Lucy hatte so große Sehnsucht nach Maja, dass ihr Tränen in die Augen schossen. Was, wenn es ihr nicht gelang, Maja zurückzubekommen?

Drei tolle Ideen

Nach dem Abendessen bat Lucy ihre Großmutter und ihren Vater um die Erlaubnis, noch zu ihren Freundinnen ins *Off-Main Diner* gehen zu dürfen.
»Was hältst du davon, wenn ich mitkomme?«, fragte ihr Vater. »Ich würde gern ein paar meiner neuen Nachbarn kennen lernen.«
»Das wäre toll«, antwortete Lucy. »Es ist ein sehr beliebtes Lokal. Es gehört Annas Mutter. Wir werden dir eine Menge Leute vorstellen können.«
Belinda und Anna erwarteten Lucy schon an der Haustür.
»Mein Vater kommt auch mit«, erklärte Lucy. »Aber wir können unsere Besprechung trotzdem abhalten.«
»Was für eine Besprechung?«, erkundigte sich Mr Sanders, während sie die Hauptstraße entlanggingen. »Oder ist es topsecret?«
»Wir müssen uns etwas ausdenken, damit Lucy sich wieder um Maja kümmern darf«, erklärte Belinda.
»Lucy braucht nämlich ein Pony«, fügte Anna hinzu.

»Herrje«, sagte Mr Sanders, »da habt ihr natürlich Recht. Darüber habe ich noch gar nicht groß nachgedacht. Wiggins ist ein geeigneter Ort, um ein Pony zu halten. Könnte Lucy ein Pony auch weiterhin in eurem Garten unterbringen, Anna?«

»Aber sicher«, antwortete Anna, ohne zu zögern.

»Somit wäre die Sache ja schon geregelt«, sagte Mr Sanders. »Wir werden uns nach einem Pony für dich umschauen, Lucy. Freust du dich?«

Anna und Belinda brachen in ein Freudengeheul aus. Auch Lucy wurde richtig aufgeregt und fiel ihrem Vater vor Freude um den Hals. Doch im Grunde ihres Herzens spürte sie, dass es für sie kein anderes Pony gab und jemals geben würde als Maja.

»Ich muss meinen Vater gleich mit ein paar Leuten bekannt machen, damit wir in Ruhe unsere Besprechung abhalten können«, flüsterte Lucy ihren Freundinnen zu. »Damit er sich nicht einsam fühlt.«

»Oh, wie es aussieht, ist jemand da, den er unbedingt kennen lernen muss«, sagte Anna, als sie den Schnellimbiss betraten. Sie zeigte zu dem Tisch, an dem Mrs Wiggins gerade zu Abend aß.

Die drei Freundinnen waren zwar mit Mrs Wiggins befreundet, aber Anna stand ihr am nächsten, weil sie beide künstlerisch begabt waren und beide eine Leseschwäche hatten.

Außerdem waren auch beide stolze Besitzerinnen eines Shetlandponys.

Mrs Wiggins blickte erfreut auf, als die Ponyfreundinnen das Lokal betraten. »Hallo, Mädchen«, rief sie. Als sie hinter ihnen Mr Sanders erblickte, fügte sie spontan hinzu: »Sie müssen Lucys Vater sein. Die Ähnlichkeit ist nicht zu übersehen.«

»Oh, danke«, sagte Mr Sanders und legte einen Arm um seine Tochter. »Das betrachte ich als Kompliment.«

»So war es auch gemeint«, antwortete Mrs Wiggins lächelnd und streckte die Hand aus.

Mrs Wiggins und Mr Sanders lächelten sich erfreut an, als sie die Hände schüttelten. »Ich bin Tom Sanders«, stellte Lucys Vater sich vor.

»Und ich bin Melissa Wiggins. Freut mich, Sie kennen zu lernen, Tom. Was mich allerdings nicht freut, ist die Tatsache, dass Sie uns Lucy bald entführen werden. Wir werden sie ganz schön vermissen.«

»Stimmt nicht!«, rief Anna triumphierend aus.

»Stimmt nicht?«, wiederholte Mrs Wiggins überrascht.

»Nein«, antwortete Anna. »Weil Lucy nämlich gar nicht wegzieht!«
Alle lachten. Anschließend erfuhr Mrs Wiggins von Mr Sanders, dass er auch für einige Zeit in Wiggins wohnen würde.
»Er wird Schwarzbären erforschen«, erklärte Lucy voller Stolz. »Und einen Artikel über sie schreiben.«
»Wollen Sie sich nicht zu mir setzen?«, fragte Melissa Wiggins.
»Gern!«, antwortete Lucys Vater. Und dann erzählte Melissa Wiggins ihm aufgeregt von einem Schwarzbär, den sie neulich in ihrem Wald gesehen hatte.
Das Pony-Trio entschied sich für Milchshakes, und dann marschierten die drei damit an einen Tisch ganz hinten im

Lokal. Sie konnten es kaum erwarten, sich gegenseitig ihre Pläne zu unterbreiten, wie Lucy und Maya wieder zusammenkommen konnten.
»Ich finde es super, dass dein Vater dir ein Pony kaufen will, Lucy«, sagte Belinda.
»Ich würde tausendmal lieber Maja leasen, als irgendein anderes Pony kaufen«, antwortete Lucy. »Also, hört euch meine Idee an!«
Lucy drückte Belinda einen Zettel in die Hand. Diese las laut vor, was darauf stand:

Ich frage Rema, ob ich Maja auch weiterhin pflegen kann. Sie kann natürlich auf ihr reiten, wann immer sie möchte.

»Auf diese Weise bekommt Rema etwas Geld und kann in den Ferien trotzdem noch reiten«, erklärte Lucy. »So wie sie aussieht, braucht sie bestimmt ständig Geld, um sich neue Klamotten zu kaufen. Außerdem mache ich alle Stallarbeiten, wenn sie möchte.«
»Ich wette, dass Rema das Ausmisten hasst«, kommentierte Anna.
»Lucy, deine Idee ist nicht schlecht«, sagte Belinda. »Wenn alles klappt, sollten wir Rema auch noch überreden, ein

paar Reitstunden zu nehmen. Hört sich an, als könne ihr das nicht schaden.«

»Ich weiß nicht, ob sie Maja überhaupt noch reiten sollte«, sagte Anna. »Aber genau darum geht es bei *meiner* Idee.« Sie zog ein Bild aus der Tasche und legte es auf den Tisch. Lucy und Belinda lachten, als sie das Bild sahen, das Anna gemalt hatte. »Du hast sie sehr treffend hinbekommen«, prustete Belinda. »Vielleicht solltest du dich mal bei einer Zeitung bewerben – als Comiczeichnerin.«

»Na ja, aber ganz so groß ist Rema nun auch wieder nicht«, sagte Lucy.

»Aber für Maja ist sie jedenfalls zu groß«, behauptete Anna. »Sie ist schon viel größer als wir. Ich wette, dass sie deshalb Probleme beim Reiten hat.«

»Richtig! Warum bin ich nicht selbst darauf gekommen?«, wunderte sich Belinda laut. »Du hast Recht, Anna. Aber dein Vorschlag passt perfekt zu *meiner* Idee.«

Wir raten Rema, sich ein Pferd zu kaufen und Maja an Lucy zu verkaufen.

»Ist euch auch aufgefallen, dass sie Maja dauernd als Pferd bezeichnet hat?«, fragte Belinda. »Wahrscheinlich findet sie sich schon zu erwachsen für ein Pony. Deshalb täte sie gut daran, sich ein Pferd zu kaufen. Ein richtig großes. Und dann kann sie dir Maja verkaufen, Lucy.«

»Auf Olsons Pferderanch gibt es massenhaft Pferde«, sagte Anna. »Mr Olson hat sicher das Richtige für Rema. Vielleicht den schwarzen Morgan, zu dem er mich neulich überreden wollte.«

»Na schön, dann haben wir Rema ja eine Menge zu sagen«, sagte Lucy und seufzte. »Aber wird sie uns überhaupt zuhören? Sie hält uns doch für drei doofe kleine Mädchen, die von nichts Ahnung haben.«

»Überlass das ruhig mir«, sagte Belinda. »Ich rufe sie an und vereinbare einen *offiziellen Gesprächstermin.* Solche Sachen mag sie.«

»Stimmt, so etwas kannst du am besten«, sagte Anna zu Belinda.

Lucy war auch dieser Meinung.

»Und was wirst du ihr sagen, wenn sie fragt, worum es bei diesem Termin geht?«, wollte Anna wissen.

»Ich sage einfach, es wäre zu wichtig, um es am Telefon zu besprechen«, antwortete Belinda achselzuckend.

»Das wird Rema auch gefallen«, sagte Anna grinsend.

Belinda erhob sich und ging zum Telefon, das neben der

Küchentür hing. Wenige Minuten später war sie zurück. »Wir treffen uns morgen früh um zehn Uhr bei ihr«, verkündete Belinda stolz.

Das Pony-Trio war zufrieden. Doch sie jubelten noch nicht. Ihnen allen war klar, dass es eine der größten Herausforderungen war, vor der sie je gestanden hatten, Rema Baxter davon zu überzeugen, Maja an Lucy zu verkaufen!

Deinetwegen ist mein Pony geschrumpft!

Am nächsten Morgen trafen sich die Ponyfreundinnen am Stadtgarten. Ohne es extra ausgemacht zu haben, hatte sich jede für das Treffen mit Rema Baxter besonders fein gemacht. Als sie über die Lilac Lane auf das Grundstück der Baxters zugingen, sahen sie, dass Maja nicht auf der Koppel stand. »Ich hab's euch ja gesagt – Rema schließt sie sogar tagsüber im Stall ein«, sagte Lucy aufgebracht zu ihren Freundinnen.

Als die Ponyfreundinnen auf die Türklingel drückten, waren sie entschlossener denn je, Maja zurückzubekommen.

Rema öffnete ihnen die Haustür. »Guten Morgen«, sagte sie höflich. »Kommt herein!« Sie führte ihre drei Besucherinnen durch den Flur und ins Esszimmer.

Rema setzte sich ans Tischende. Sie wies Belinda den Platz rechts von sich an, während Anna und Lucy zu ihrer Linken sitzen durften.

Noch ehe Belinda erklären konnte, warum sie gekommen

waren, sagte Rema in strengem Ton: »Lucinda Sanders, du hast meinem Pferd Schaden zugefügt.«

Von diesen Worten waren die Ponyfreundinnen so überrascht, dass sie im ersten Moment buchstäblich sprachlos waren.

Lucy fasste sich als Erste wieder und fragte kopfschüttelnd: »Was soll das bitte heißen?«

»Lucy hat sich ganz vorbildlich um Maja gekümmert«, verteidigte Belinda ihre Freundin.

»Sie hat ihr sogar das Leben gerettet«, merkte Anna an und biss empört die Lippen zusammen.

»Ist Maja etwa krank?«, erkundigte sich Lucy besorgt.

»Wenn sie krank ist«, teilte Anna Rema vorwurfsvoll mit, »dann nur, weil du sie ständig im Stall einsperrst.«

»Was für Symptome hat Maja?«, fragte Belinda. »Weißt du, mein Vater ist Tierarzt. Wenn nötig, holen wir ihn sofort her.«

»Meine erste Beschwerde«, begann Rema hoheitsvoll, »ist die, dass du sie nicht genug gefüttert hast. Sie hat so stark abgenommen, dass sie inzwischen kleiner ist als früher.«

»So ein Unsinn!«, rief Anna aus. »Lucy hat Maja ausreichend gefüttert. Dein Pony ist garantiert nicht geschrumpft.«

»Unterbrich mich nicht!«, zischte Rema. »Meine zweite Beschwerde lautet, dass Lucinda Sanders Mayas ganze gute Dressur ruiniert hat. Früher war sie ein ausgezeichnetes Reitpferd. Aber seit Lucinda sie in Pflege hatte, gehorcht sie kaum noch.«

Nun hatte Belinda endgültig die Nase voll. Sie erhob sich und sagte mit großer Bestimmtheit: »Okay, aber nun sind wir dran, Rema Baxter! Erstens hat Maja garantiert kein Gramm abgenommen. Ich würde eher behaupten, dass du inzwischen gewachsen und viel zu groß für Maja bist, sodass sie dir einfach kleiner vorkommt.«

»Um wie viel bist du während deines Schuljahrs im Internat gewachsen?«, erkundigte sich Anna.

»Um fünf Zentimeter«, erklärte Rema voller Stolz.

»Siehst du?«, rief Belinda aus. »Vermutlich warst du letztes Jahr schon zu groß für Maja. Und inzwischen bist du noch mehr gewachsen.«

»Du hast nicht mehr die richtige Größe für ein Pony«, versuchte auch Lucy Rema zu erklären. »Wenn man dich reiten sieht, weiß man sofort, dass die Proportionen nicht stimmen. Das ist sowohl für dich unbequem als auch für das Pony.«

»Warum verkaufst du Maja nicht einfach und kaufst dir ein Pferd, das groß genug für dich ist?«, rief Belinda.

Rema klopfte mit einem Radiergummi an die Tischkante. Sie schien angestrengt nachzudenken. Das Pony-Trio schwieg gespannt.
Es war Rema, die die angespannte Stille schließlich brach, indem sie sich laut fragte: »Aber was mache ich mit einem Pferd, wenn ich nach den Ferien wieder ins Internat zurückgehe?«
»Vielleicht willst du inzwischen gar kein Tier mehr haben«, sagte Belinda versuchsweise.
»Ich wette, dir fallen tausend Sachen ein, was du mit dem Geld machen könntest, falls du Maja verkaufst«, sagte Anna. »Etwas, an dem dir viel mehr liegt.«
»Stimmt«, sagte Rema nachdenklich. »Wenn ich auf die Schnelle zu Geld käme, könnte ich mit meinen Freundinnen aus dem Internat ins Sommercamp fahren. Dann müsste ich diesen Sommer nicht in dem langweiligen Wiggins verbringen.«
Die Freundinnen lächelten zustimmend und nickten.
»Eine tolle Idee«, sagte Anna und zwinkerte Lucy zu. »Sommercamps mit Freundinnen sind unheimlich lustig.«
»Gut, dann möchte ich dir sagen, dass ich dir Maja gern abkaufen würde«, sagte Lucy mutig.
»Okay«, sagte Rema prompt. »Ich verkaufe sie dir. Aber für

keinen Penny weniger als ... sagen wir, zweitausend Dollar.«
Die drei Mädchen glaubten zuerst, sich verhört zu haben. Lucy war sofort klar, dass ihr Vater niemals so viel Geld für ein Pony ausgeben würde, oder besser gesagt: ausgeben *konnte.*
»Diese Zahl ist doch komplett aus der Luft gegriffen«, sagte Anna vehement. »Du weißt doch gar nicht, wie viel dein Pony wert ist.«
»Nur ein Fachmann kann den Preis eines Ponys festlegen«, sagte Lucy. »Zum Beispiel Mr Olson.«
»Mr Olson hat eine Ranch und handelt mit Ponys und Pferden«, erklärte Belinda. »Er kann dich beraten und dir sagen, wie viel du für Maja verlangen kannst.«
»Na schön«, stimmte Rema schließlich zu. »Dann frage ich eben diesen Mr Olson. Wartet, ich rufe ihn gleich an.«
Während Rema Olsons Nummer im Telefonbuch nachschlug, tauschten die Freundinnen erleichterte Blicke aus. Mr Olson würde einen fairen Preis nennen. Es wäre zwar noch verfrüht gewesen, ein Jubelgeschrei anzustimmen, aber zumindest bestand doch eine gewisse Chance, dass Lucy Maja kaufen konnte.
»Hallo, Mr Olson«, sagte Rema ins Telefon. »Hier spricht

Rema Baxter. Ich habe ein Pony zu verkaufen, das schon viele Preise gewonnen hat. Es handelt sich um ein wunderschönes achtjähriges Welsh Pony, ein Meter dreißig groß. Haben Sie möglicherweise einen Kunden, der Interesse hätte?«

Lucy hob die Hand und bewegte sie aufgeregt vor Remas Gesicht hin und her. »*Ich* bin doch interessiert. *Ich* habe dir doch gesagt, dass ich Maja kaufen möchte.«

Doch Rema verzog nur das Gesicht und unterhielt sich weiterhin angeregt mit Mr Olson.

Sobald Rema den Hörer aufgelegt hatte, wiederholte Lucy aufgeregt: »Ich sagte dir doch schon, dass ich an Maja interessiert bin.«
»Das ist mir nicht entgangen, Lucinda«, sagte Rema schnippisch. »Doch vielleicht bist du nicht die Einzige auf der Welt.«
»Aber ich hatte sie doch fast ein Jahr lang in Pflege«, rief Lucy ungläubig aus.
»Außerdem brachten wir dich doch vorhin überhaupt erst auf die Idee, dein Pony zu verkaufen«, warf Belinda ein.
»Das ist nicht fair«, rief Anna empört.
»Lucinda, falls du Maja kaufen möchtest«, sagte Rema, »musst du heute Nachmittag um drei Uhr auf Olsons Ranch sein. Allerdings sage ich dir gleich, dass auch andere Leute da sein werden, die an Maja interessiert sind.«
Nach diesen Worten führte Rema ihre Gäste zur Tür. »Vielen Dank für euer Kommen«, sagte sie zum Abschied. »Ich denke, wir hatten eine sehr produktive Besprechung.«

Verkauft!

Als Lucy nach dem Besuch bei Rema nach Hause kam, fand sie ihren Vater in der Küche vor. Er sah ausgeruht und erholt aus und verspeiste gerade ein üppiges Frühstück.

»Oh, guten Morgen, Liebes«, begrüßte er sie und breitete die Arme aus.

Lucy gab ihm ein Küsschen. Es war herrlich, ihn wieder bei sich zu haben. Sie setzte sich auf seinen Schoß und erzählte ihm sofort, dass Maja zum Verkauf stand.

»Das ist ja großartig!«, rief er aus. »Dann kaufen wir sie für dich. Aber ich hoffe, sie ist kein preisgekröntes Pony mit allen möglichen Auszeichnungen. Ich kann kein Vermögen für ein Pony ausgeben.«

Lucy wünschte inständig, Maja hätte nicht schon so viele Schleifen gewonnen. Sie hoffte, dass sie doch kein ganz besonderes Pony war.

Um halb drei Uhr marschierten Lucy und ihr Vater zu Mr Olsons Ranch hinüber. Sie waren fast schon am Ende der

Abkürzung zwischen dem *Off-Road Diner* und der Ranch angelangt, als Lucy plötzlich Hufgetrappel hinter sich hörte. Es waren Anna und Belinda, die ebenfalls zu Olson unterwegs waren, um Lucy bei den Verkaufsverhandlungen zu unterstützen.

Auf Olsons Ranch angekommen, entdeckte Lucy auf dem Parkplatz sofort den Kombi der Baxters. Daneben war ein weiteres, sehr teuer aussehendes Auto geparkt. Lucy dachte mit Schrecken, dass jemand, der sich ein solches Luxusauto leisten konnte, sich bestimmt auch ein preisgekröntes Pony leisten konnte.

»Oh, den Wagen kenne ich!«, rief Anna aus.

»Wem gehört er?«, fragte Belinda.

»Tommy Rands Mutter«, knurrte Anna.

Belinda und Lucy schnappten nach Luft. Tommy Rand war ein ganz gemeiner Flegel aus der achten Klasse. Vor einigen Jahren hatte er Rico für eine Weile geleast. Das Pony-Trio war ziemlich sicher, dass Rico bei einem Jungen wie Tommy Rand bestimmt kein schönes Leben gehabt hatte. Wollte Tommy Rand nun womöglich Maja kaufen?

»Hm, Tommy will bestimmt kein Pony haben«, sagte Belinda nach kurzem Überlegen. »Er hat doch nur Fußball im Kopf und Mädchen ärgern.«

»Aber vielleicht seine Schwester«, sagte Anna. »Schaut nur!«

In diesem Moment sahen sie Mr Olson mit Maja aus der Scheune kommen. Bei ihm waren Tommy Rand, seine Schwester Anita, Mrs Rand, die Baxters und natürlich Rema.

Belinda und Anna stiegen von ihren Ponys und gingen mit Lucy und ihrem Vater zu dem kleinen Grüppchen hinüber, das sich um Maja versammelt hatte.

»Hallo, Mädels«, begrüßte Mr Olson sie fröhlich. »Was kann ich heute für euch tun?« Er zwinkerte Anna zu. »Hast du dich endlich entschlossen, Rico gegen meinen wunderschönen schwarzen Morgan einzutauschen?«

»Sie wissen genau, dass ich meinen Rico niemals hergeben würde«, sagte Anna ungnädig.

»Schaut, schaut! Wen haben wir denn da?«, rief Tommy Rand aus. »Wenn das nicht die drei Ponyschrecks persönlich sind!«

Anita überhörte die spöttische Bemerkung ihres Bruders und begrüßte Belinda, Anna und Lucy freundlich. Die Ponyfreundinnen kannten sie von der Schule her und fanden sie eigentlich ganz nett. Irgendwie tat sie ihnen sogar etwas Leid, weil sie einen Bruder wie Tommy hatte.

Lucy kraulte Maja zur Begrüßung am Hals. Sie schaute dem Pony tief in die Augen, um ihm ohne Worte mitzuteilen, wie sehr es ihr gefehlt hatte und dass sie alles tun würde, um es zurückzubekommen. Maja stupste Lucy erfreut an die Schulter.

»Ihr Mädels seid vermutlich gekommen, um euch von Maja zu verabschieden«, sagte Mr Olson und klopfte Maja auf den Rücken. »Sie ist ein schönes Pony, ein Siegertyp.«

»Ich bin hier, weil ich Maja *kaufen* will«, widersprach Lucy.

»Oh, *wir* haben sie eben gekauft«, rief Anita.

»Anita ist schon auf ihr geritten und kommt gut mit ihr zurecht«, erklärte Mrs Rand. »Wir haben auch schon den Kaufpreis vereinbart.«

Lucy bedachte Rema mit einem finsteren Blick. »Du hast doch gesagt, wir sollen um drei Uhr hier sein.«

»Oh, habe ich das gesagt?«, sagte Rema mit einem hinterhältigen Grinsen. »Nun ja, aber da du nun schon einmal hier bist, kannst du ja noch ein Angebot machen, wenn du unbedingt willst. Dann machen wir eben eine kleine Versteigerung.«

»Warum unterhaltet ihr euch überhaupt mit diesen drei

Babys?«, meldete sich Tommy Rand zu Wort. Lucy bemerkte, dass seine Mutter ihn nicht beachtete. Ihre Freundinnen ebenso wenig.

Mr Olson schien sehr überrascht über Remas Vorschlag, Maja zu versteigern. »So geht das aber nicht, junge Dame«, sagte er streng. »Du hast mich gebeten, einen Preis festzulegen. Das tat ich. Du warst damit einverstanden. Und Mrs Rand sagte, dass sie mit diesem Betrag einverstanden ist.«

Mrs Baxter musterte ihre Tochter kopfschüttelnd. »Warum hast du mir nicht gesagt, dass das Mädchen, das Maja das Leben gerettet hat, auch an ihr interessiert ist?«, fragte sie.

»Aber Mama«, zischte Rema. »Auf diese Weise können wir vielleicht mehr herausschlagen. So macht man Geschäfte.«

»Oh nein, so nicht«, widersprach Mrs Baxter.

Während Mrs Baxter und Rema sich herumstritten, waren die Ponyfreundinnen angestrengt am Nachdenken. Sie brauchten drei gute Ideen – und zwar rasch. Dies war ihre letzte Chance, Maja zurückzubekommen.

»Weißt du, ich hatte Maja in Pflege, als Rema im letzten Schuljahr im Internat war«, sagte Lucy zu Anita. »Sie ist ein ganz wunderbares Pony. Du wirst sie mögen. Wie lange wirst du sie zur Probe haben?«

»Die meisten Leute behalten ein Pony erst einmal für eine Woche zur Probe, bis der Kauf endgültig ist«, sagte Belinda. »Stimmt das, Mr Olson?«

»Natürlich, darauf bestehe ich«, antwortete Mr Olson. »Außer, wenn sie das Tier zuvor schon geleast hatten und gut kennen. Die Rands kennen meine Geschäftsbedingungen. Eine kleine Anzahlung und eine Woche Probezeit.«

»Und eine tierärztliche Untersuchung, um sicherzugehen, dass Majas gesundheitlicher Zustand nichts zu wünschen übrig lässt«, fügte Belinda hinzu.

»Und dann«, übernahm Mr Olson wieder das Wort, »wird der Rest des Kaufvertrags bezahlt und der Verkauf ist endgültig.«

»Moment mal«, rief Rema da aus. »Soll das heißen, dass ich nicht schon heute das ganze Geld bekomme?«

»Tja, so geht es in der Geschäftswelt nun einmal zu, junge Lady«, sagte ihr Vater mit einem strengen Unterton.

Anna drückte Belinda Ricos Zügel in die Hand und ging zur Koppel, wo der schwarze Isländer graste. »Schau dir dieses wunderschöne Pferd an, Anita«, rief sie. »Gefällt es dir nicht auch?«

»Oh, dieser Isländer ist wirklich phantastisch!«, rief Lucy aus.
»Er ist mir vorhin gar nicht aufgefallen«, sagte Anita, während sie auch zur Koppel ging. Neugierig kam der Isländer zu Anna und Anita an den Zaun.
»Ich könnte mir dich gut auf ihm vorstellen, Anita«, versicherte ihr Belinda. »Er ist zwar ein bisschen größer als Maja. Aber wenn man dich so anschaut, muss man einfach sagen, dass er perfekt zu dir passt.«
Anita hörte ihr kaum zu. Sie schaute dem Tier tief in die Augen und streichelte über seine Wange.
»Wenn du möchtest, sattle ich ihn für dich, damit du eine Runde auf ihm reiten kannst«, bot Mr Olson Anita an.
»Oh ja, bitte!«, rief Anita. »Wenn es noch nicht zu spät ist, würde ich gern eine Runde auf ihm reiten.«
Mr Baxter und Tommy Rand brummten zwar etwas von Zeitverlust, doch alle anderen – mit Ausnahme von Rema – waren der Meinung, dass Anita den Isländer ausprobieren sollte. Sobald er gesattelt war, kletterte Anita auf seinen Rücken und ritt ein paar Runden durch den Parcours.
Anschließend kam Anita auf seinem Rücken zum Zaun der Koppel geritten, wo alle standen und sie beobachtet hatten. Mr Olson sagte: »Jetzt, wo ich dich sowohl auf Maja als

auch auf dem Isländer gesehen habe, würde ich sagen, dass der Isländer besser zu dir passt. Was meinst du?«

»Ich will den Isländer«, sagte Anita. Dann wendete sie und galoppierte eine weitere Runde.

»Na super«, maulte Tommy Rand. »Einfach super! Wenn das so weitergeht, stehen wir noch ewig hier herum.«

»Das ist nicht fair«, knurrte Rema beleidigt »Vorhin hat sie noch gesagt, dass sie Maja will.«

Lucy und ihr Vater schauten sich an. Manchmal kam es vor, dass sie sich auch ohne Worte verstanden – genau wie das Pony-Trio.

»Mr Baxter«, begann Mr Sanders vorsichtig, »wären Sie so freundlich, mir zu sagen, welchen Preis Sie für Maja vereinbart hatten?«

Mr Baxter flüsterte etwas in Mr Sanders Ohr, woraufhin dieser seine Tochter anstrahlte und den Daumen hochstreckte.

»Mr Baxter«, sagte Lucy, »wenn Anita lieber den Isländer haben möchte, dann würde ich Maja gerne kaufen. Ich nehme sie nicht erst eine Woche zur Probe, da ich sie ja lange genug kenne. Wir könnten den Kauf hier und jetzt besiegeln.«

»Bedeutet das, dass ich die gesamte Kaufsumme schon

heute bekomme?«, rief Rema aufgeregt. »Und ins Camp fahren kann?«
»Je früher, desto besser«, murmelte Anna.
»Wenn das Sanders-Mädchen Maja unbedingt haben möchte«, mischte sich Mrs Rand nun in das Gespräch ein, »kann meine Anzahlung ja auf den Isländer umgebucht werden, nicht wahr?«
Anita war inzwischen abgestiegen und lehnte ihren Kopf an den Hals des Isländers. »Ich habe mich schon in ihn verliebt«, sagte sie. »Dabei weiß ich noch nicht einmal, wie er heißt. Wie heißt er denn?«
»Wotan«, antworteten Mr Olson und das Pony-Trio wie aus der Pistole geschossen. Und alle lachten.
»Und, was meinen Sie, Mr Baxter?«, fragte Mr Olson.
»Ich bin einverstanden«, antwortete Mr Baxter.
»Ich auch!«, rief Rema.
»Na schön, dann zum geschäftlichen Teil«, sagte Mr Olson schmunzelnd. »Wir vereinbaren, dass Anita Rand den Isländer für eine Woche zur Probe mitnimmt. Und Lucy Sanders kauft Maja.«
Das Pony-Trio schrie: »Suuuper!«, sie schlugen ihre Handflächen aneinander und tanzten ausgelassen herum. Dann drückte Lucy Maja einen dicken Kuss auf die Schnauze.

Maja antwortete mit einem zufriedenen Wiehern, das sich anhörte wie: »Was ist? Können wir jetzt endlich nach Hause gehen, Lucy?«

Das Pony-Trio

Jeanne Bentancourt

Das Pony-Trio
Ein Pony
für Lucy

Sie lieben Ponys und sie sind die besten Freundinnen der Welt. Und seit sie sich bei ihrem ersten dramatischen Abenteuer kennen gelernt haben, gehen sie immer wieder gemeinsam durch dick und dünn: Das Pony-Trio Lucy, Anna und Belinda und ihre vierbeinigen Kameraden Maja, Rico und Charly.

Als Lucy das schwer verletzte Pony Maja auf der Koppel entdeckt, kommen Belinda und Anna ihr zur Hilfe.
Von da an hat die einsame Lucy gleich zwei Freundinnen – aber wird sie auch Maja behalten dürfen?

96 Seiten. Zahlreiche s/w-Illustrationen. Ab 8.

Arena

Das Pony-Trio

Jeanne Bentancourt

Das Pony-Trio
Rico, mein Pony

Sie lieben Ponys und sie sind die besten Freundinnen der Welt. Und seit sie sich bei ihrem ersten dramatischen Abenteuer kennen gelernt haben, gehen sie immer wieder gemeinsam durch dick und dünn: Das Pony-Trio Lucy, Anna und Belinda und ihre vierbeinigen Kameraden Maja, Rico und Charly.

Anna liebt ihren Rico über alles, doch ihre Eltern glauben, das Pony sei schuld an Annas schlechten Noten. Wenn sie in der Schule nicht besser wird, soll Rico verkauft werden… Können Belinda und Lucy ihrer Freundin noch helfen?

96 Seiten. Zahlreiche s/w-Illustrationen. Ab 8.

Arena

Das Pony-Trio

Jeanne Bentancourt

Das Pony-Trio Hilfe für Charly

Sie lieben Ponys und sie sind die besten Freundinnen der Welt. Und seit sie sich bei ihrem ersten dramatischen Abenteuer kennen gelernt haben, gehen sie immer wieder gemeinsam durch dick und dünn: Das Pony-Trio Lucy, Anna und Belinda und ihre vierbeinigen Kameraden Maja, Rico und Charly.

Belindas Vater ist Tierarzt – aber als ihr geliebter Charly schwer erkrankt, kann auch er dem Pony nicht helfen. Nun müssen Belinda, Anna und Lucy versuchen das Geheimnis dieser unheimlichen Krankheit zu lüften…

96 Seiten. Zahlreiche s/w-Illustrationen. Ab 8.